玩轉科技世界①
超能AI貓的身世之謎

崔宰訓 著　　朴鍾浩 圖

新雅文化事業有限公司
www.sunya.com.hk

人工智能未來會發展成怎樣呢？

隨着人工智能技術的不斷發展，我們的生活已經方便到只需要手握一部智能電話，就可以簡單地將家庭、車輛、學校等場所相互連接在一起，還能輕鬆地處理很多事務。

人工智能機械人越來越發達，很多以前需要人類自己做的事，現在都可以由人工智能機械人代勞。說不定在不久的將來，還會有能獨立思考，能表達感情的機械人面世。

和擁有獨立思考能力的人工智能機械人一起生活，將會是怎樣的呢？會不會跟電影情節一樣，機械人發生叛亂，威脅人類的安全呢？

通過這本書，希望你可以充分了解已經深入滲透在我們生活中的人工智能。然後再好好思考一下，將來人工智能技術應該如何繼續發展。因為未來的人工智能世界正是掌握在各位的手中呢！

崔宰訓

可素

S博士的兒子。雖然平凡，但是盡得天才機械工程師爸爸的真傳。偶爾也會發揮出一些過人的才能。充滿好奇心，經常將疑問掛在嘴邊。

比比

可素的好朋友。S博士的對手兼好朋友C博士的女兒，經營着比比TV。

S博士

可素的爸爸。天才機械工程師。本來在大企業的研究所裏工作，後來因為想專注於自己的研究而辭職了。他什麼都能製造出來，什麼都能修理好。比起本名孫聖手，大家更喜歡稱呼他為S博士。

大頭貓

突然出現在可素家裏的可疑AI貓。

4

目錄

歡迎進入人工智能世界！

不知不覺間，我們已進入人工智能時代。自動化速遞、無人駕駛飛機已經非常普遍。

但是，人工智能目前還不能做到百分百完美。有時候也會發生一些無法預料的意外，就好像……

11

另一方面，S博士今天也和往常一樣，正沉迷在自己的研究當中。這時候，在外面玩耍的可素和比比來到了研究室。

S博士連頭都不回，只顧着大聲命令他的人工智能機械人。

「噢！本來我今天是想吃爸爸親手做的炒年糕呢。」
可素還在氣鼓鼓地抱怨，比比則興致勃勃地跟在料理機械人後面，拍着影像。

料理機械人「尤達」，能完美地判斷冰箱裏的每一格分別裝着什麼食材。當然，也十分清楚可素一家人的口味，甚至連可素的朋友比比的口味也一清二楚。

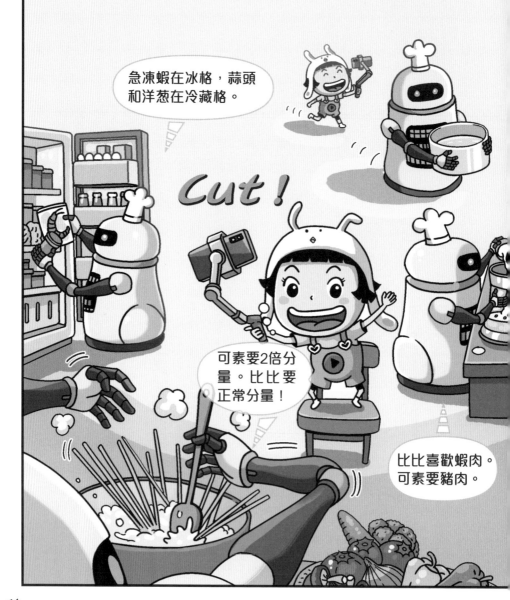

急凍蝦在冰格，蒜頭和洋葱在冷藏格。

Cut！

可素要2倍分量。比比要正常分量！

比比喜歡蝦肉。可素要豬肉。

尤達用井井有條的步驟，做出了符合二人口味的意大利麵。為了讓可素和比比的胃口更好，黃鶯正在播放輕快的音樂製造氣氛。

黃鶯是一個人工智能藍牙音箱。想聽什麼音樂，它都可以滿足你，還可以透過通訊網絡遙控各種家電。

16

「真是見一次驚訝一次呢！機械人就像是這個家的一分子一樣。」比比一邊哈哈大笑，一邊說道。
「我爸爸真的會把機械人當成家人！」

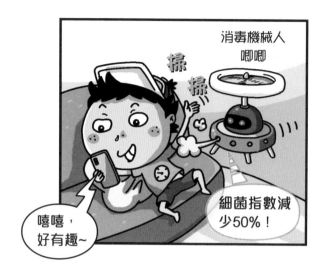

雖然一開始會有點不習慣，但是最近，可素也慢慢學會了怎樣跟機械人對話了。

聽到唧唧讓他抬起手臂的指令後，也能自然地回應。

「啊！差點忘記了！今天舉行世界職業棒球賽呢！」可素呼喊着。黃鶯立刻開啟電視。現在，就連在棒球場上也能看到人工智能機械人的身影呢！

19

智能電話裏的人工智能

自動連拍攝錄功能

一次拍下多張照片，再選取其中最佳的元素重新組合，合成出最高質素的照片。即使是夜間拍攝，照片色彩也會十分鮮明。

照片翻譯應用程式

識別照片中的文字，實時翻譯成各種語言。

比比TV直播開始！

比比TV

智能家居系統

利用無線通訊和感應裝置，遙距操控冰箱、照明系統等多種智能家居電器。

人工智能助理

通過收音裝置識別人聲指令，處理打電話、搜尋資料、查詢天氣、設定日曆等任務。

可素和比比正在激烈地爭吵中，突然有人按門鈴。
「有速遞到了！」

23

一次烏龍速遞

　　S博士帶着興奮的心情拆開速遞箱，卻被嚇了一跳。驚訝到連續3秒大腦一片空白。箱子裏有一隻頭跟可素一樣大的貓……不對！應該是「機械寵物貓」正在沉睡着。

可素和比比第一眼看到機械寵物貓，就愛上它了。

S博士認為這隻機械貓一定是送錯了，決定申請退貨。「就算我是機械人網購迷，也是有原則的，絕對不會亂買沒用的東西。」

大頭貓突然站起來，開始做一些別的機械人無法同時兼顧的事情：垃圾分類回收、地板清掃、洗車⋯⋯

本來需要三台家務機械人才能完成的工作,大頭貓全部獨自完成了!做完這些之後,大頭貓含淚看着可素、比比和S博士。

因為孩子們反對，所以S博士決定不送走大頭貓了，但是他對能幹得讓人害怕的大頭貓還是心存懷疑。因為它跟普通的人工智能機械人真的太不一樣了。

按照目前為止的技術，人工智能機械人通常只會擅長一個領域。如果給料理機械人下達打掃的指令，或者命令清潔機械人去做飯，他們都會處理不過來的。

我為什麼做不出來呢？

厲害吧！

灑

剁剁剁剁

灑

撩

撩

但是這傢伙能完美地完成各種任務。

可是你為什麼會突然出現在我們家呢？

你到底是誰？

太聰明也是罪嗎？

嗖

可素和比比根本沒把S博士的話聽入耳，因為大頭貓實在是太可愛了。

比比TV要增加大頭貓的節目才行！

等等~

爸爸怎麼能為難這麼可愛的小貓呢！

怎麼看都十分可疑，要用無人機監視它。

差點就被那個大叔發現我的真正身分呢！

今天是我家的大頭貓第一次跟大家見面哦。

咔 咔

「我們去那邊的長椅坐下吧！」

比比說完，大頭貓便馬上迅速地跳到長椅上，而且還用它的尾巴一擺一擺地把灰塵掃掉。

你說坐在這裏對嗎？

喵

這麼聰明，真惹人喜愛呢~

這時候，有一隻小狗哼哼唧唧地經過長椅前。
「哦哦！好可愛的小狗啊！」
「但是，牠為什麼叫得這麼可憐呢？」

大頭貓還有一項神奇的才能，那就是能分析動物的語言。

汪汪~

主人你在哪裏？

搖擺

搖擺

這時候，馬路上傳來一片嘈吵聲。

嘩

鳥~~~~~~~~~

危險！

發生什麼事？

哎呀呀！在十字路口中間，有一隻被嚇得全身發抖的小狗。正是剛才他們看見的那隻迷路的小狗。

大頭貓馬上開始營救小狗。奇怪的事情發生了，不只是在十字路口來往的車輛，連交通燈都彷彿能聽懂大頭貓的話。

但是有一輛貨車沒有停下，正向着小狗的方向駛去。大頭貓感到意外。

「這輛車太舊了，好像不受感應系統控制呢，怎麼辦？等我親自出馬吧。」

39

S博士一直關注着無人機傳送回來的影像，他十分震驚，震驚得連意大利麵都吃不下。

那，那傢伙到底是什麼來頭啊？

呼~真驚險！

它竟然可以隨心所欲地控各種設施的網絡感應系統

「小狗為什麼會獨自來到這裏呢？」

「我怎樣才能幫它找到主人呢？」

可素和比比雖然把小狗救下來了，但是完全不知道接下來要怎麼辦。

「這個就交給我吧~」

大頭貓開始翻看掛在十字路口，交通綠燈下面的
CCTV監控畫面，甚至連附近所有CCTV的影像全都確認了
一遍。

「找到它的移動軌迹了。」

牠是自己從家裏跑出來
的，然後被一羣流浪貓
追逐着來到了這裏！

啪 滋

人工智能真厲害!

天才人工智能

請你順序排列小狗走失的路線吧!

答案 4-5-3-2-1　43

一直監視着畫面的S博士突然生出了一個可怕的想法：「它能夠感知人類的人際關係，並進行模仿學習，從而反應出新的行為！」

「是一隻人工智能技術很強的貓啊！它不是聽了誰的命令去救小狗，而是自行判斷之後做出救援的行為！簡直令人難以置信，我還以為這種技術要在遙遠的未來才能實現呢！」

意大利麵材料不足！

呼嚕嚕嚕

「那傢伙的真實身分到底是什麼呀，我為什麼會這麼睏……應該是意大利麵吃得太飽了……」

發現污漬

噗噗

噗噗噗

危險就在身邊！

▶

這裏是距離地球2億公里的火星。大家正在觀看的是開發第一個人類宇宙殖民地的人工智能分身機械人。

通過人腦與機器連接的芯片將人類的腦電波傳送至火星的分身機械人，人類便可以操控它們。現在即使人類不能親自去到火星，也能完成像建設殖民地這樣複雜的工程。這是一個全新的時代。

下一則新聞。覆蓋整個亞馬遜的山火終於在人工智能消防員的努力下被撲滅。地球之肺亞馬遜森林以及住在附近的居民都得救了。

不知道發生了什麼，S博士一睜開眼睛就發現自己躺在醫院的病牀上。電視裏正播放着一則新聞報導。

呀⋯⋯

「呼吸正常，體溫正常。」

機械人醫生和機械人護士正在檢查S博士的身體狀況。S博士有點不知所措，他剛才明明還躺在沙發上午睡。

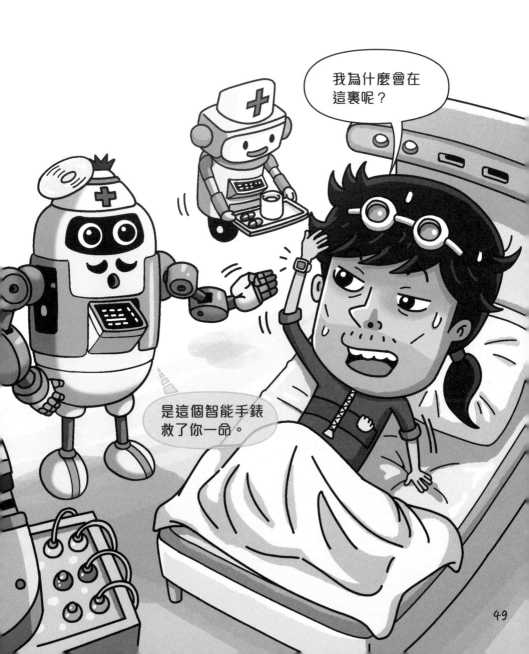

我為什麼會在這裏呢？

是這個智能手錶救了你一命。

S博士手上戴着的智能手錶有多種健康監測感應裝置。通過感應裝置可以收集各種健康數據，綜合分析各種健康狀況。

📶 智能手錶的功能

心電圖和心率監測功能

通過感應裝置，能24小時監測心臟活動。

跌倒感知功能

利用加速感應和平衡感應等裝置，可以感知手錶主人是否跌倒。

運動量測定功能

結合心率和移動距離等數據，可以測量手錶主人在某時限裏的運動量。

緊急救援功能

當身體出現緊急狀況時，可以通過手錶發出緊急救援。

如果睡眠期間出現持續無呼吸的情況，手錶會自動撥打999電話報警。

是這個玩意救了我嗎？

體脂率測算功能

將手指放上去，就可以測算出體內脂肪量有多少，會否過量。

S博士突然想起自己剛才正在監視着大頭貓，一下子從牀上跳了起來。

「哎呀呀！忘記可素和比比了！」

你現在還不能起來，快點躺下！

狀態分析結果：建議再休息2小時。

捉

放開我！

這時候，病房外傳來了可素的聲音。

「爸爸！爸爸！」

S博士像彈簧一樣彈起來，跑出了病房。

你們很快也會⋯⋯人工智能的⋯⋯了！哈哈哈！

S博士趕緊攔下一輛的士。「追着前面那輛紅色車！」

的士迅速跟上那輛紅色車。車上裝設的尖端感應器可以感知到周圍的物體並避開它們，也能感應到交通燈，遵守交通信號。開了沒多久，的士快將追上了大頭貓的車。

大頭貓開始控制道路上設置的人工智能系統。

道路管理人工智能系統
連接完畢！

智能路燈AI

根據天氣、時間、交通情況維持最合適的照明狀態。

溫度調節AI

調節地面溫度，下雪時可融化積雪，地面溫度過高時可降溫。

自動充電AI

自動為道路上行駛的電動汽車充電。

自動清潔AI

自動感應路面情況，並灑水清潔。

📶 **道路管理人工智能系統**

很快，被水打濕的路面開始結冰。

道路變成了滑冰場，行駛中的車輛像跳舞一樣搖擺不定，撞成一團。

四處張望的S博士發現了一輛單車。

S博士騎上單車，開始飛奔。他用盡全身力氣踩着腳踏，向載着孩子們的汽車消失的方向奔去。

S博士一直緊追着那輛車，然後來到了超能AI公司外面。不知道他們是不是進去了，車裏面一個人都沒有。

為了更好的未來！
超能AI

呼呼……在哪裏呢？呼呼……

顫抖

顫抖

小心你們的腦袋！

大樓被警衞機械人嚴密看守着。想避開保安系統進入大樓看來並不容易。

「真是波折重重。」

正當S博士陷入苦惱的時候，一輛救護車停在大樓外面，病人陸續被抬下來。

「對啊！我可以混在他們裏面。」

　　S博士趁着救護機械人運送病人期間，快速地從打開着的救護車後門上車。

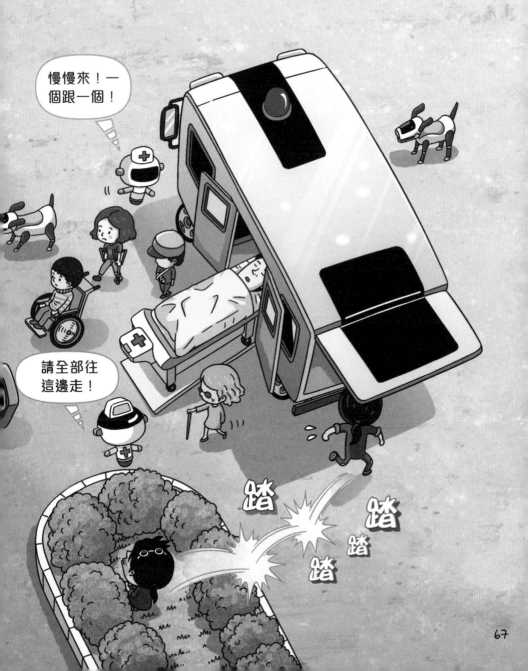

S博士躲在一位全身癱瘓的病人的被窩裏，他對病人輕聲說：「對不起，我這麼做是有原因的，打擾你一會兒。」

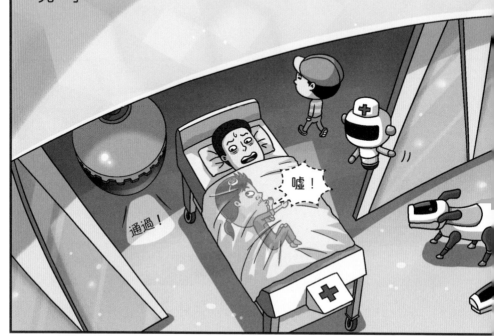

　　進入大樓後，病人分別被送進了不同的房間。
　　「腿部手術的往這邊，手臂手術的那邊，病房在前面！」

為什麼病人們不去醫院，要來這裏呢？

很快，S博士就知道了答案。這裏就是製造人體與人工智能結合的「變種人」基地。「科幻電影裏的場面在這裏變成真！」

手臂按照大腦的意念活動！

喲！走起路來跟我自己的腿沒分別呢！

這是通過3D打印印出來的皮膚。

看起來像20歲一樣年輕呢！

還有將全身癱瘓的病人的大腦與機械人連接起來。連接後，機械人會依照病人的思想來活動。

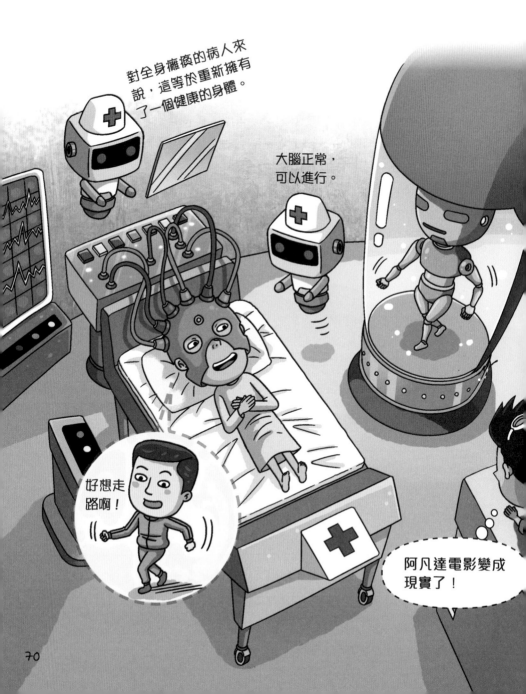

對全身癱瘓的病人來說，這等於重新擁有了一個健康的身體。

大腦正常，可以進行。

好想走路啊！

阿凡達電影變成現實了！

S博士對超能AI公司裏正在進行的事情感到既震驚又害怕。

如果除了大腦以外，全身都變成了機械人，那還是人類嗎？

當然還是人類。因為裝載着思維和情感的大腦仍然活着。

「發現入侵者！Danger，Danger~」
正沉迷於思考變種人事件的S博士，被機械警犬發現了。

說不定，人類正在向變種人進化着！通過人工智能將人類的大腦與機械身體連接！然後進化成可以生存數百年的新人類。那樣我們會變得更健康、更聰明嗎？

呃，好像有點可怕！

長生不老的人類誕生！

禁止進入？

管制區域
禁止進入

ERROR

嗶嗶

哎呀，不管了！

閃

嗖

這裏面，正在進行着更加可怕的事情。

「咦……這是什麼？天啊！」

大頭貓正在指揮機械人醫生，將人腦與機器連接的芯片植入人類的大腦中。

救我啊……

嗡

天啊！

他跑去哪裏了？

嗡

呼

呼

給這兩個人類也植入芯片！

嗡

快點送我們回家！你這個恩將仇報的壞蛋貓！

來起來起

「我要將人類的思想、記憶、感情全部抽取出來！」

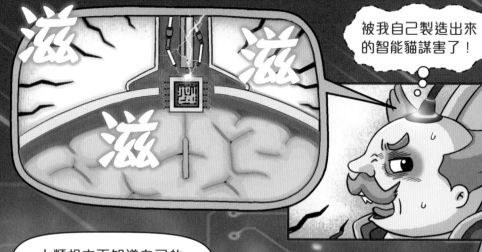

被我自己製造出來的智能貓謀害了！

人類根本不知道自己的大腦有多優秀！

量子電腦是運算速度比超級電腦還要快數百萬倍的電腦。大頭貓想利用這台特別的電腦製造出超越人類大腦的超人工智能！

它的夢想是完美分析人類大腦構造，製造出可以支配所有人類的腦地圖！

S博士震驚得目瞪口呆。但是，可素與比比根本理解不了現在的狀況。

「大頭貓，你一定是誤會了，我和可素一點都不特別，不夠優秀呢！」

「不是！你們是非常非常特別的！可素，你大大的腦袋裏面，裝着滿滿的資訊！還有比比，你有用之不盡的口才能力！」

「我一定要仔細研究你們的大腦！喵~」

可素和比比最終被強制植入了人腦與機器連接的芯片。

不用害怕。一點也不痛，很快就結束了。

我不要~

我從現在開始，什麼也不想。那樣你就不能利用我的大腦了吧？

為了逃跑不斷掙扎的可素與機械人產生碰撞，頭部也受到了撞擊。

S博士本來想馬上跑出去，後來還是決定先按捺着觀察一下情況。

但是，意想不到的事情發生了。量子電腦出現了異常。由可素和比比大腦傳送過來的信息量太大，超出了電腦的負荷。

「不可能的！竟然連量子電腦都負荷不了！」

「孩子們，趕快！」我們要馬上離開這裏！S博士開始帶着孩子們逃跑。

「最後我們被大頭貓抓住了！嗚嗚~」
看着大聲痛哭的爸爸，可素搖了搖頭。
「爸爸你是睡午覺的時候發噩夢了嗎？」

你剛剛攻擊了大頭貓，所以是被大頭貓抓住了嗎？

你說誰抓住了誰？

嗚嗚

你說我做了什麼？

91

「爸爸，大頭貓在你睡着的時候，也沒有閒着呢！它一直在指揮其他機械人工作。」

「不管是不是發夢，那傢伙都是非常危險的人工智能貓啊！」

可素和比比對S博士的警告不以為然，帶着大頭貓走進了房間。

「大頭貓，我們來玩遊戲吧！」

它不會連遊戲也會玩吧？

S博士站在房門口，靜靜地觀察着孩子們玩遊戲。

沒有人工智能機械人可在第一次接觸電腦遊戲，就贏過人類。

躲藏

開始了！

我不會鬆懈的！

喵喵！

確實如此。即使是著名的人工智能圍棋高手 AlphaGo 也是用了幾年時間積累實力，才能贏過人類圍棋選手的。

要學習人類的圍棋技能！

AlphaGo機械人之間，也進行了數萬次的對決來培養實力。

換句話說，在一次都沒有接觸過的情況下，人工智能機械人是不可能戰勝人類職業遊戲玩家的。

他到現在還不相信我的能力！

就算你是超級人工智能，也只不過是機械人而已……

然而，現實與S博士的設想完全相反。可素和比比盤盤都輸給大頭貓！

叮咚 叮咚~

誰啊?

拜訪者分析中
性別：男
年齡：35~40歲
左右

有一種不祥的預感，
什麼回事呢?

這時候，門鈴響了起來。大頭貓啓動了事物感應系統，開始分析門外的客人。

這照片一看就是大頭貓。在不清楚這兩個人為什麼找大頭貓的情況下，S博士決定先假裝不知道。

「是你們家的貓走失了嗎？」

「這是最新研發的機械貓型號，出了一點故障，最後監測到的信號出現在這附近。」

「不過是一個機械寵物，你們為什麼這麼焦急地找它呢？」

「這不是普通的機械人，是X858型號，最新型的機械寵物。不只外形逼真，而且還能根據主人的情緒和心情做出不同的反應。」

那個機械寵物出了什麼問題呢？

名字聽起來不夠帥氣吧？

接着，研究員有點尷尬地說道。
「要是那天晚上沒有閃電……」

越來越有意思了。

超級電腦被閃電擊中，然後將數據複製到X858身上了……

「它吸收了龐大的數據量之後，開始自動分階段分析和學習各種技能。」

「原來是深度學習技術！」

「你很了解呢。」

1
輸入了數萬個人類和貓的模樣

2
分階段解構人類和貓的基本樣貌

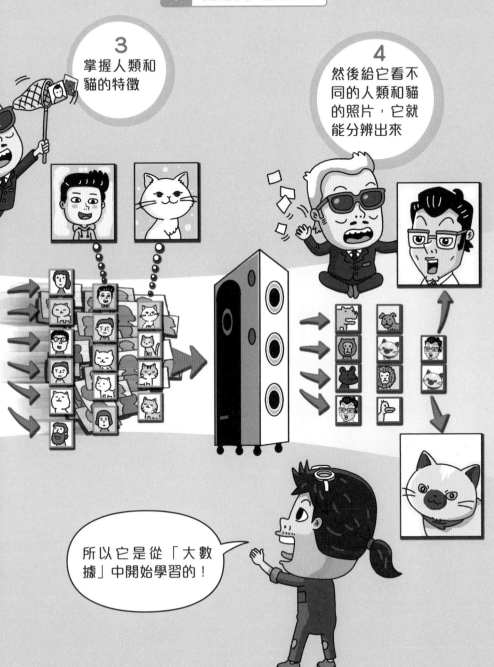

「這種特別技能一不留神，可能就會釀成大災難，所以一定要儘快找到它。所以說，你有見過這個機械寵物嗎？」

於是，S博士終於將事實說出來。

確實有一個可疑的機械寵物，外形非常吻合……

終於找到了！

原來連動作學習技術也完美發揮出來！

但是那個機械寵物，不需要指令，就會自動勤快地工作呢！

103

「呼隆呼隆~」

　　突然，研究員的車被發動了。原來是大頭貓掌控了汽車系統。

現在開始，我會讓你們知道我到底有多特別！喵~

怎麼會這樣？車匙明明在我這裏呢！

接收到大頭貓的指令之後，汽車像一頭牛一樣，快速衝過來。

在這危險的瞬間，S博士飛身躍起，撲過來救了他們。

但是，已經晚了一步。
大頭貓先發制人。

砰

喵！

這種小伎倆，怎麼能擋住我！

S博士突然繃緊了神經。
「可素和比比還跟大頭貓在一起呢！孩子們，危險啊！」

快告訴我，還有什麼方法能阻止它？

辦法還有一個……

開啟保護人類功能。

雖然會有點冒險……

激動

機械人工學三大原則

第一
機械人不能危害人類安全，也不能在人類面臨危險時，視若無睹。

第二
在不違背第一條原則的前提下，機械人必須服從人類的命令。

第三
機械人必須在遵守第一條和第二條原則的範圍內，保護自己。

另一方面，可素和比比真的像S博士擔心的那樣，陷入了危險。

「你們這班人類都是一樣的！」

啊，可素！

從現在開始，所有人類都是討厭的！

咻

啪

呢

大頭貓的未來

可素因為大頭貓的突然攻擊而反應不過來。
「大頭貓，你在幹什麼？」

可素啊，小心你的臉！

人類全都是一樣的！把我們人工智能機械人當作物件對待！

抓
抓

我把你當成我的家人呢！

但是，他沒有放棄，無論如何都要將大頭貓的弱點告訴可素。

「對了，短信！可以發短信！」

可素通過戴在耳朵上的藍牙耳機，可以用語音功能聽到了爸爸發過來的短信內容。

「尾巴是弱點？按下尾巴下面的按鈕？」

着急的可素，二話不說捉住了大頭貓的尾巴。

但是，大頭貓不是那麼容易被制服的。因為它是比可素更聰明，比普通貓更敏捷的機械貓。大頭貓轉動了一下尾巴，就將可素甩出去了。

嗙！

專
轉
轉

嗚哇！

沒用的人類！你以為你們能贏過我嗎？

被甩出去的過程中，可素想到了一個辦法。
沒錯！大頭貓是一隻貓啊！

它一定會有貓的習性。

貓的習性當中……

怎麼了？為什麼他眼神看起來這麼胸有成竹？

從現在開始，我們要捉的不是聰明的人工智能大頭貓，而是可愛的寵物大頭貓。

愚蠢的人類！生頭竟然還在翻櫃

那個放在哪裏呢……

「你喜歡這個吧？」

在可素突如其來的誘惑下，大頭貓開始動搖。

「喵~我不是……寵物貓！我是……超級人工智能……不是……寵物貓……」

搖擺

搖擺

大頭貓比想像中更能抵受誘惑，於是可素拿出了秘密武器。

「這個怎麼樣？是最新款的豹紋羽毛呢！」

喵！那個！

剛剛還意志堅定的大頭貓終於在可素的秘密武器，不對，是玩具之下屈服了。

「啊，不管了！我喜歡這個！」

搖擺 搖擺

喵喵~

「比比，現在是機會呀！」

聽了可素的話，比比迅速地行動，用力按下了在大頭貓尾巴下面的按鈕。

就在這瞬間，大頭貓的狀態開始發生變化。從它的眼神就可以看出來。

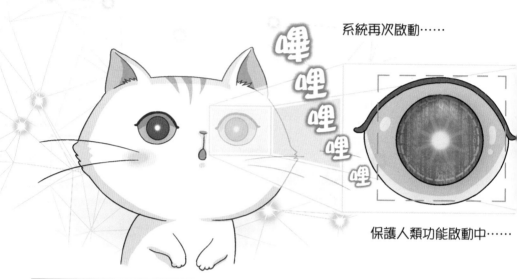

系統再次啟動……

嗶哩哩哩哩

保護人類功能啟動中……

大頭貓暫時躺下熟睡了。

它不會是死了吧？

摸一下它的尾巴？

119

「誰說的。我們從一開始就把你當作家人一樣寵愛，你到底為什麼要攻擊我們？」

「對啊，即使到現在我也不討厭你，是因為你先攻擊我們，讓我們害怕才這樣做的。」

我們和好吧。我把可素的玩具全部送給你，好嗎？

誰，誰說的？

大頭貓說：「能獲得你們的真心真的太好了！」

可素和比比用力地擁抱着大頭貓，輕輕安慰着。

也許是被可素和比比的真誠打動，大頭貓筋疲力盡，它的電源自動關閉了。

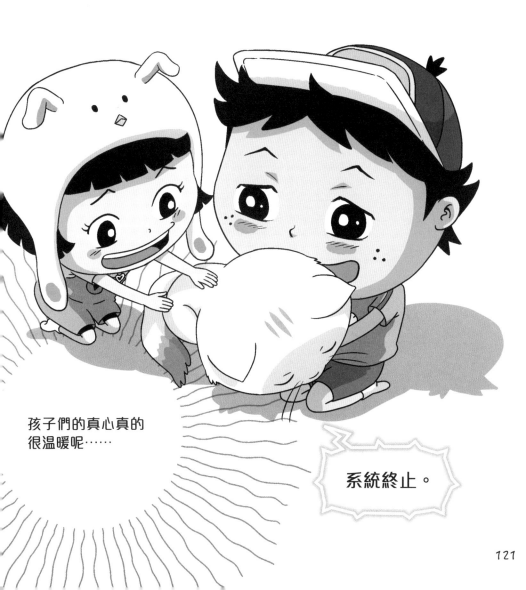

孩子們的真心真的
很溫暖呢……

系統終止。

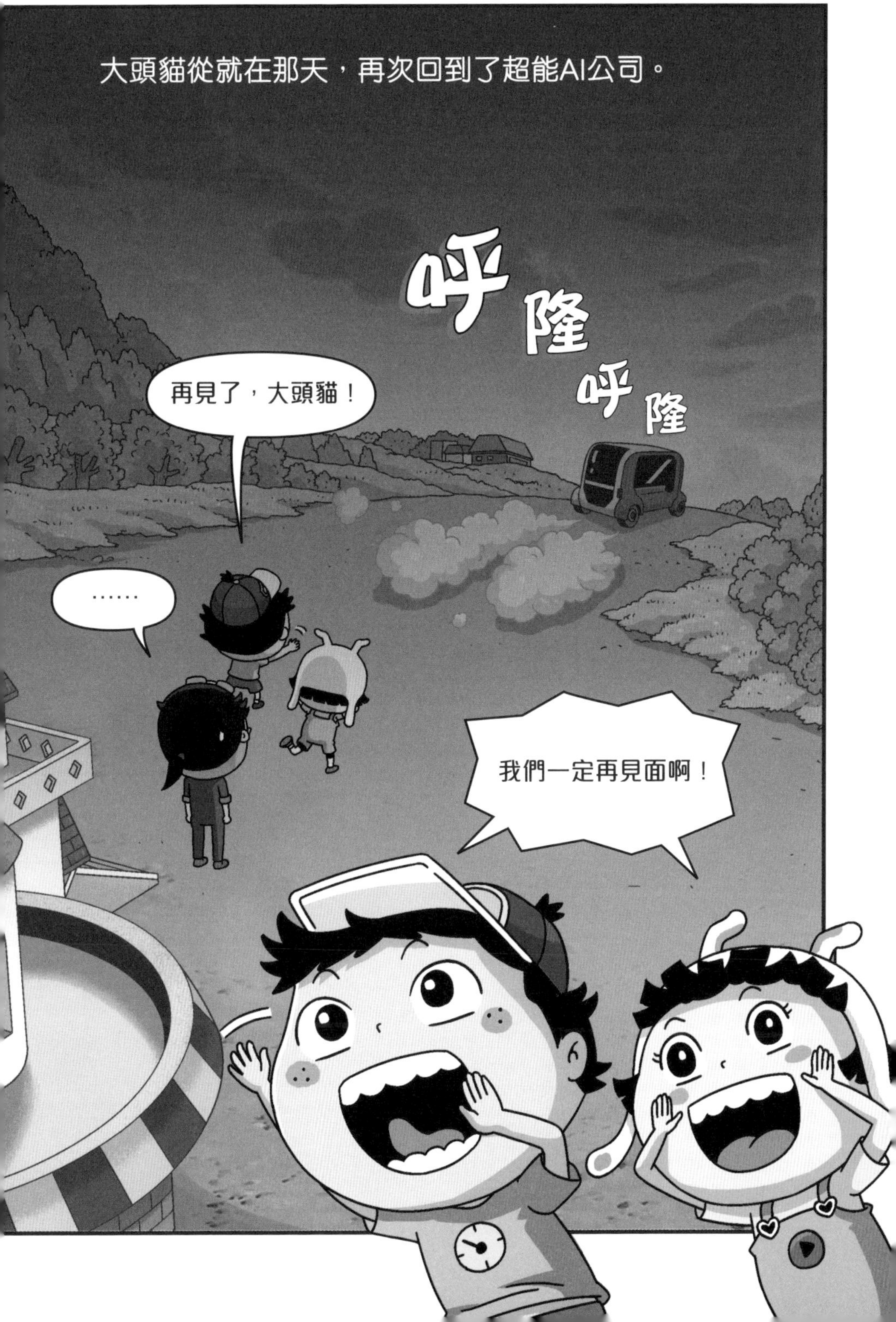
大頭貓從就在那天，再次回到了超能AI公司。
呼隆呼隆
再見了，大頭貓！
……
我們一定再見面啊！

自從大頭貓離開之後，可素一家表面上看起來像什麼事也沒發生過，但實際上到處都留下了與大頭貓一起的回憶。

它真的學什麼都學得很快呢，本來留着當我的助手也很不錯的…

大頭貓真的很擅長做垃圾分類。

清潔也做得很好。

洗車也洗得很乾淨。

救小狗的時候真的很棒！

對啊！

在某個大家都思念着大頭貓的日子。一架掛着速遞箱的無人機出現在家門口，就像大頭貓到來的那天一樣。

打開箱子一看，裏面有一隻和大頭貓長得一模一樣的機械寵物貓正微笑看着S博士。

「呵！你是大頭貓嗎？！」

可素和比比給這隻機械貓取名為「大頭貓二號」。雖然大頭貓二號沒有大頭貓那麼聰明，但是可愛程度有過之而無不及。

一開始還是保持警戒的S博士，過了沒多久，內心也被大頭貓二號的撒嬌融化了。

但是，在大頭貓二號身上，有一個沒人知道……不對！應該是不能讓人知道的秘密。

玩轉科技世界①

超能AI 貓的身世之謎

作　　者：崔宰訓 (Choi Jaehun)
繪　　圖：朴鍾浩 (Park Jongho)
翻　　譯：何莉莉
責任編輯：趙慧雅
美術設計：蔡學彰
出　　版：新雅文化事業有限公司
　　　　　香港英皇道499號北角工業大廈18樓
　　　　　電話：（852）2138 7998
　　　　　傳真：（852）2597 4003
　　　　　網址：http://www.sunya.com.hk
　　　　　電郵：marketing@sunya.com.hk
發　　行：香港聯合書刊物流有限公司
　　　　　香港荃灣德士古道220-248號荃灣工業中心16樓
　　　　　電話：（852）2150 2100
　　　　　傳真：（852）2407 3062
　　　　　電郵：info@suplogistics.com.hk
印　　刷：中華商務彩色印刷有限公司
　　　　　香港新界大埔汀麗路36號
版　　次：二〇二〇年十月初版

版權所有·不准翻印

ISBN : 978-962-08-7617-2
Copyright © YeaRimDang Publishing Co., Ltd.- Korea
Originally published as "Oh My God! – Susanghan Ingongjineung Goyangi"by YeaRimDang
Publishing Co., Ltd., Republic of Korea 2020